A casa fechada

Roberto Gomes

Copyright © 2013 da edição: Editora DCL – Difusão Cultural do Livro

Equipe DCL – Difusão Cultural do Livro

DIRETOR EDITORIAL: Raul Maia

Equipe Eureka Soluções Pedagógicas

REVISÃO DE TEXTOS: Joana Carda Soluções Editoriais

Texto em conformidade com as novas regras ortográficas do Acordo da Língua Portuguesa

Dados Internacionais de Catalogação na Publicação (CIP)
(Câmara Brasileira do Livro, SP, Brasil)

Ribeiro, Roberto Gomes, 1882-1922.
A casa fechada / Roberto Gomes. -- São Paulo :
DCL, 2013. -- (Clássicos literários)

ISBN 978-85-368-1631-9

1. Teatro brasileiro I. Título. II. Série.

13-01072 CDD-869.92

Índices para catálogo sistemático:

1. Teatro : Literatura brasileira 869.92

Impresso na Índia

Editora DCL – Difusão Cultural do Livro
(11) 3932-5222
www.editoradcl.com.br

A casa fechada

Sumário

CENA I 6
CENA II 8
CENA III 9
CENA IV 14
CENA V 18
CENA VI 29
CENA VII 30
CENA VIII 32

A casa fechada

Personagens:

A Mãe
O Filho
A Agente do Correio
Dona Sinfonia
Ritoca
O Boticário
O Barbeiro
O Acendedor de Lampiões
Joaquim Aguaceiro
O Mendigo
O Delegado
O Moleque
Jenipapo
Um Pescador
Uma Criança

ATO ÚNICO

(Uma rua tristonha, numa cidade do interior. Uma lagoa reluz ao longe. Ao fundo, à extrema direita, uma casinha de duas janelas, separada da rua por um pequeno jardim. A casa está completamente fechada. No primeiro plano, à esquerda, a entrada do Correio. Perto da porta, um banco. No centro, ao fundo, um lampião perfila-se diante de uma árvore raquítica. A rua é vista em diagonal. Seis horas da tarde.)

CENA I

Dona Sinfonia, Joaquim Aguaceiro, Mendigo, Pescador.
(Dona Sinfonia, à janela da agência, faz crochê e olha de vez em quando para a casa fechada. O Mendigo está sentado, imóvel, debaixo do lampião. Entra o Pescador com uma carta na mão e atravessa o palco. Quando ele vai penetrar no Correio, topa com Joaquim Aguaceiro, que, em pé, no solar, contempla a casa, ao longe.)

O PESCADOR
(Cumprimentando) Boa tarde, patrão.

JOAQUIM AGUACEIRO
Boa tarde, Candonga. *(O Pescador entra, depois de cumprimentar Dona Sinfonia, e sai, logo após, sem a carta.)* Está metido a escritor, agora?

O PESCADOR
Foi a carta que mandei pro filho.

JOAQUIM AGUACEIRO
Está sempre trabalhando na cidade?

O PESCADOR
Sim, patrão. Há muito que não sei dele. Então, como estava me dando saudade, pedi ao Anfilóquio para escrever uma carta.

JOAQUIM AGUACEIRO
Quem sabe se ele não anda doente?

O PESCADOR
A última vez que tive notícias, ele estava bem forte e saudável. Mas lá na cidade os homens caem depressa. Ah! Patrão! Criança é o castigo da gente! *(Olha para Dona Sinfonia, que concorda com a cabeça.)*

JOAQUIM AGUACEIRO
Aqui ele já era meio extravagante. Ficava a jogar bilhar até as dez horas.

O PESCADOR
Eu, na idade dele, era um bicho... era um bicho para tudo. Tinham medo, tão bravo que eu era no trabalho.

A casa fechada

JOAQUIM AGUACEIRO
Hoje ainda.

O PESCADOR
Qual! Tenho andado doente. Foi uma resfriadela que apanhei. *(Olha para o céu.)* O tempo não está bom para reumatismo... Está assim cozinhando... Mas vamos ter chuva. *(Olha ao longe.)* A lagoa está brilhando.

JOAQUIM AGUACEIRO
Trabalhou muito hoje?

O PESCADOR
Assim. A pesca não foi lá das melhores. E, para atravessar a lagoa, meu bote só pega três pessoas. A gente precisa suar muito para ganhar pouco. Ah! Se eu tivesse todo o dinheiro que perdi, já estava remediado.

JOAQUIM AGUACEIRO
Agora vai pra casa?

O PESCADOR
Vou sim, patrão. *(Pausa. Ele não se move.)* Vou, sim... *(Permanece imóvel. Afinal, dá um passo e para. Mostrando a casa ao longe, com a cabeça:)* Ainda estão lá dentro?

DONA SINFONIA
Estão, sim. Há mais de uma hora.

JOAQUIM AGUACEIRO
Ele é capaz de descobrir a coisa.

O PESCADOR
Ah! Com o Dr. Aprígio ninguém escapa. Moleque feio tem de entrar nela.

DONA SINFONIA
Não se ouve nada.

O PESCADOR
Nada. Está tudo fechado. Parece que estão a velar um defunto.

DONA SINFONIA
Desde a manhã, ninguém saiu.

CENA II

Os mesmos, o Boticário
(*O Boticário, chegando pausadamente, aperta a mão de Joaquim Aguaceiro, cumprimenta cerimoniosamente Dona Sinfonia, e, de alto, o Pescador.*)

O BOTICÁRIO
Boas tardes, senhor aguaceiro.

JOAQUIM AGUACEIRO
Como passa, Sr. Simplício?

O BOTICÁRIO
Sempre bem. Deixei um instantinho a botica para comprar uns selos. Dona Eudóxia está?

JOAQUIM AGUACEIRO
Está. Ela anda um pouco atarefada. Desde manhã cedo teve gente como quê.

O BOTICÁRIO
Dona Sinfonia não largou a janela.

DONA SINFONIA
Estou com dor de cabeça... Preciso respirar.

O BOTICÁRIO
Tenho um bom remédio para dor de cabeça.

DONA SINFONIA
(*Continuando, sem responder*) Preciso respirar. Não posso ficar trancada.

JOAQUIM AGUACEIRO
(*Olhando para a casa e piscando*) Trancados estão eles.

O BOTICÁRIO
Já devem estar cheirando a mofo. (*Pausa*) Que estarão fazendo? Ouviu alguma coisa, Dona Sinfonia?

DONA SINFONIA
Não ouvi nada, Sr. Simplício. Não costumo meter-me na vida dos outros.

A casa fechada

O PESCADOR
Quem viu foi o Geraldino.

DONA SINFONIA
(_Largando o crochê_) Ah! Ele viu?

O BOTICÁRIO
(_Sem afetação_) Viu?

O PESCADOR
Viu, sim. Ele ficou de me procurar depois do serviço pra me contar a coisa. O doutor delegado já conversou com ele.

DONA SINFONIA
Ah! Conversou?

O PESCADOR
(_Importante_) Conversou, sim. E agora está lá dentro com eles todos. Ah! Com aquele homem é preciso andar na linha. Senão, está tudo à toa.

DONA SINFONIA
(_Olhando para a casa_) À toa é ela. Santa Bárbara!

CENA III

Os mesmos, Dona Eudóxia, a Agente do Correio
(_Dona Eudóxia aparece à porta do Correio. Joaquim Aguaceiro, com indiferença afetada, vai se aproximando da casa fechada e passa lentamente rente às janelas._)

O BOTICÁRIO
Como tem passado, Dona Eudóxia?

DONA EUDÓXIA
Vou indo, Sr. Simplício. Dona Quintanilha está boa?

O BOTICÁRIO
Está, obrigado.

DONA EUDÓXIA
Deseja alguma coisa?

O BOTICÁRIO
Preciso de uns selos. Mas não há pressa... não há pressa...

DONA EUDÓXIA
Não quer entrar um pouquinho?

O BOTICÁRIO
Prefiro ficar aqui mesmo.

DONA EUDÓXIA
Então, não quer sentar-se?

O BOTICÁRIO
Aceito o seu convite, Dona Eudóxia. Sinto-me cansado.

JOAQUIM AGUACEIRO
Foram as emoções desta noite.

DONA SINFONIA
Ah! Cruzes!

DONA EUDÓXIA
Deixe lá o seu crochê, Dona Sinfonia. A esta hora, vai estragar a vista. (*Falando para dentro*) Moleque! Traga uma cadeira!
(O Moleque Jenipapo aparece com uma cadeira. O Boticário senta-se nela; os outros no banco. O Pescador fica em pé. Aproxima-se Joaquim Aguaceiro.)

O BOTICÁRIO
Por onde anda, seu compadre?

DONA SINFONIA
Ouviu alguma coisa?

JOAQUIM AGUACEIRO
Nada. Está tudo calado.

O BOTICÁRIO
Não é como esta noite.

DONA SINFONIA
Ah! Que barulheira!

A casa fechada

O BOTICÁRIO
A Quintanilha até chorou de susto.

DONA EUDÓXIA
Ah!

O BOTICÁRIO
Tive de lhe dar água de flor de laranja com umas gotas e... Uma composição minha. (*Pausa.*)

DONA EUDÓXIA
(*Voltando-se para a casa ao longe*) Dizem que "ela" embarca no trem das sete.

O PESCADOR Das sete.

DONA SINFONIA
Ela terá de passar por aqui.

JOAQUIM AGUACEIRO
Decerto.

O BOTICÁRIO
Homem! Já que vim até cá, estou quase a me demorar um pouco.

DONA SINFONIA
Até as sete.

JOAQUIM AGUACEIRO
Quero ver o seu jeito, quando ela passar.

DONA EUDÓXIA
Quem havia de dizer? Uma mulher assim tão direita!

O BOTICÁRIO
Oh! Eu sempre desconfiei... Essa gente calada...

DONA SINFONIA
E velha que ela é!

DONA EUDÓXIA
Velha, não!

DONA SINFONIA
Como não?

JOAQUIM AGUACEIRO
(*Ao Pescador*) Que idade tem ela? (*Aos outros*) Candonga sabe.

O PESCADOR
Ela ,já deve estar capinando os seus trinta e cinco.

DONA SINFONIA
(*De mãos postas*) Trinta e cinco!

O BOTICÁRIO
E três filhos.

JOAQUIM AGUACEIRO
O Julinho já anda pelos seus quinze.

DONA EUDÓXIA
Coitado!

DONA SINFONIA
Pois eu também vou esperar para vê-la passar... Ia agora para casa, mas como todos ficam...

DONA EUDÓXIA
Não querem tomar café?

O BOTICÁRIO
Aceito, Dona Eudóxia.

JOAQUIM AGUACEIRO
Não vale a pena.

O BOTICÁRIO
Bem que vale.

DONA EUDÓXIA
Já está feito, Sr. Joaquim. E só trazer. Vou chamar o Jenipapo. (*Chamando*) Moleque! Moleque! (*Olhando para dentro*) Onde se meteu esse moleque? (*O Moleque Jenipapo entra correndo pelo fundo. Ele esteve atrás da casa fechada.*) Ah! Ele tinha ido espiar! (*Ao Moleque*) Traga o café, depressa.

O BOTICÁRIO
(*Fazendo-o parar*) Viste alguma coisa, moleque?

A casa fechada

O MOLEQUE JENIPAPO
Não, senhor, senhor não. A casa está toda escura. (*Sai.*)

DONA EUDÓXIA
Uma casa que parecia tão feliz! Lembra-se, Sr. Joaquim? Havia sempre flores às janelas.

JOAQUIM AGUACEIRO
Parece que esta noite ele arrebentou até as flores.

O PESCADOR
Viu que estava desgraçado. Então foi desgraçando tudo.

DONA EUDÓXIA
É isso mesmo... Oh!

DONA SINFONIA
Que é?

DONA EUDÓXIA
Acendeu!

DONA EUDÓXIA
Vejam. (*Todos olham para a casa fechada. Com efeito, unia réstia de luz filtra pelas venezianas. Longo silêncio, durante o qual eles contemplam, imóveis, aquele feixe luminoso.*)

O BOTICÁRIO
(*Murmura.*) Que será?

DONA SINFONIA
Não ouvem nada? (*Todos escutam. Pausa.*)

JOAQUIM AGUACEIRO
Nada. (*Pausa.*)

DONA EUDÓXIA
Eu também preciso acender. (*Entra, acende o interior da casa e volta a ter com os outros.*)

DONA SINFONIA
Vê-se ainda. (*A uma senhora que chega*) Oh! Ritoca! Há quanto tempo não a encontrava!

CENA IV

Os mesmos, Ritoca

DONA RITOCA
(*Saudando a todos e abraçando Dona Sinfonia*) Como vai sua obrigação?

DONA SINFONIA
Estou boa. E você?

DONA RITOCA
Não estou passando muito bem.

JOAQUIM AGUACEIRO
Pois não parece. Quando atravessava o largo, há pouco, estava dengosa como seriema no capim.

O BOTICÁRIO
Se não está boa, eu recebi da cidade uma pílulas que curam num instante – só pedir.

DONA RITOCA
(*Abraçando Dona Eudóxia*) Vim até cá para ver se não havia cartas à minha espera.

DONA EUDÓXIA
Bem sabe que, quando há, sempre lhe mando levar. Não precisava incomodar-se. (*Entra o Moleque com uma bandeja.*) Toma café conosco?

DONA RITOCA
Não sei se tenho tempo... (*Mais baixo, rapidamente*) Ela já saiu?

DONA EUDÓXIA
Não. Vai pelo trem das sete.

DONA RITOCA
Ah! (*Alto*) Pois aceito... Uma canequinha.

DONA SINFONIA
Café nunca se recusa.

DONA EUDÓXIA
(*Ao Moleque, que acaba de servir o café*) Uma cadeira! Depressa. (*Ele traz a cadeira e dirige-se, depois, para o lado da casa fechada, atrás da qual desaparece. Todos bebem o café aos goles.*)

DONA RITOCA
Estavam falando da Maria das Dores?

A casa fechada

JOAQUIM AGUACEIRO
Estávamos. Quem havia de dizer?

DONA RITOCA
Eu não sei ao certo o que houve. Que foi, heim, Sr. Aguaceiro?

O BOTICÁRIO
(*A Dona Eudóxia*) Ela já deve saber de cor. Desde manhã cedinho que se agarra a toda a gente para que lhe contem.

DONA SINFONIA
Quem conhece bem o caso é o Geraldino.

DONA RITOCA
O barbeiro?

O PESCADOR
Sim, senhora, Dona Ritoca. Tanto que ele ficou de me procurar, depois do serviço... Ele viu tudo, e já conversou com o doutor delegado. (*Passa ao fundo uma criança arrastando um papagaio. Quando chega diante da casa fechada, ergue-se na ponta dos pés e procura espiar. Depois, segue o caminho.*)

JOAQUIM AGUACEIRO
Não sei como é que ele não apareceu.

O PESCADOR
Ainda não acabou o serviço. (*Pausa.*)

DONA RITOCA
(*Olhando para a casa*) E ele? Não se sabe afinal quem é?

O BOTICÁRIO
Ela não quis dizer... Por nada. Ao senhor delegado talvez...

DONA SINFONIA
Parece até impossível.

DONA RITOCA
Não valia a pena fazer tanto xodó para acabar assim!

DONA EUDÓXIA
Que pena, meu Deus! Que pena!

DONA RITOCA
Lembra-se, Dona Sinfonia? Quando o coronel Fulgêncio passou uma tarde por aqui... Papai tinha preparado em casa um café de estalar a lín-

gua... Toda a gente à espera. Pois fizeram tanta intriga que o coronel acabou indo tomar café em casa da Maria das Dores.

DONA SINFONIA
Uma mulher que nem punha chapéu pra missa das dez!

JOAQUIM AGUACEIRO
Sim. O Matias está hoje desfalcado; mas já teve alguma coisa; e a Maria das Dores ainda hoje tem ar assim de gente grossa.

DONA EUDÓXIA
Quando ela entrava na igreja com seu grande xale preto, lembrava uma princesa...

O BOTICÁRIO
Pois está fresca, a princesa!

DONA RITOCA
Papai nunca perdoou o café do coronel. (*Pausa.*)

JOAQUIM AGUACEIRO
(*Olhando para a casa*) E nada...?

O BOTICÁRIO
Até agora, nada. (*Silêncio.*)

DONA SINFONIA
Que vai ser dela, sozinha, na capital?

DONA RITOCA
Ora!

O BOTICÁRIO
Com o perdão da palavra, vai cair na malandragem.

O PESCADOR
Ela tem umas primas por lá.

DONA EUDÓXIA
Coitada da Maria das Dores!

DONA SINFONIA
Coitada quê, Dona Eudóxia? Coitado do Matias!

DONA EUDÓXIA
Ele era muito bruto.

A casa fechada

JOAQUIM AGUACEIRO
Qual bruto qual nada! Mulher precisa é andar na linha.

O BOTICÁRIO
Pancada traz amor.

DONA EUDÓXIA
(*Apontando o Mendigo*) O pai Tobias é que vai sentir falta. Acabou-se a janta.

O BOTICÁRIO
Onde vais comer agora, heim, pai Tobias?

O MENDIGO
(*Fita-os sem responder, e, após um silêncio, gravemente*) Deus é que sabe! (*Pausa.*)

O BOTICÁRIO
Antes não comer que comer o pão do pecado.

O PESCADOR
Ah! Isso também não!

DONA SINFONIA
(*De repente*) Oh! (*Todos olham. Vê-se entreabrir a porta da casa, donde sai o delegado seguido pelo escrivão.*)

O PESCADOR
Ele saiu.

DONA EUDÓXIA
Que terá havido, meu Deus!

DONA RITOCA
Mais logo vamos saber.

DONA SINFONIA
Está começando a esfriar, não acham?

DONA EUDÓXIA
Podemos entrar.

DONA RITOCA
Estamos muito bem aqui.

O BOTICÁRIO
Estamos, sim.

JOAQUIM AGUACEIRO
(*Puxando o relógio*) Pouco falta para as sete.

DONA SINFONIA
E a estação fica tão perto!

OPESCADOR
Aí vem o Geraldino!

TODOS
Ah!

DONA RITOCA
Afinal!

CENA V

Os mesmos, Geraldino

JOAQUIM AGUACEIRO
Então, Geraldino? Teve serviço até agora?

GERALDINO
Fui até a estação. (*Cumprimenta a todos.*) Boas tardes!

O BOTICÁRIO
Já se pode dar boa-noite. (*Geraldino saúda com a mão o Pescador, que corresponde.*)

DONA EUDÓXIA
Há muita gente na estação?

GERALDINO
Está cheia... Assim... Todos querem ver.

DONA SINFONIA
Que gente bisbilhoteira!

DONA RITOCA
Eu é que não me mexo.

A casa fechada

GERALDINO
Também, ela tem de passar por aqui.

O BOTICÁRIO
Ela irá mesmo?

GERALDINO
Vai, pois não. Só se ela quiser dizer quem foi.

DONA EUDÓXIA
O senhor delegado saiu agora mesmo.

GERALDINO
(*Importante*) Sei. Já estive com ele hoje à tarde. (*Todos olham para o Geraldino, esperando que ele fale.*)

O PESCADOR
Mas você viu mesmo tudo, seu Dino?

GERALDINO
Vi, decerto.

DONA SINFONIA
Tudo?

GERALDINO
Tudo, tudo, não.

DONA RITOCA
Oh! Conte... Conte...

GERALDINO
Mas vosmecê já me ouviu contar hoje duas vezes. (*Todos se riem.*)

O BOTICÁRIO
(*A Dona Eudóxia*) Está vendo?

DONA RITOCA
(*Zangada*) Eu? Onde? Onde?

GERALDINO
Esta manhã, perto da vacaria, quando eu explicava a coisa ao Zé Menezes; e, antes das duas...

DONA RITOCA
Oh! Eu passava tão depressa... Não ouvi quase nada.

JOAQUIM AGUACEIRO
Não se zangue, Dona Ritoca.

DONA RITOCA
Não. Mas parece assim que sou curiosa!

GERALDINO
(*Dispondo-se a contar*) Então, vá lá!

JOAQUIM AGUACEIRO
Quer pitar?

GERALDINO
Pois sim.

O BOTICÁRIO
Eu aceitava mais uma canequinha.

DONA EUDÓXIA
Moleque!... Café para o seu Simplício! (*Pouco depois entra o Moleque, com o café.*)

DONA SINFONIA
Então? Como foi isso?

GERALDINO
Foi assim... Eram onze horas. Eu passava pelo Beco das Formigas.

JOAQUIM AGUACEIRO
Às onze horas pelas ruas, seu malandro...

GERALDINO
Ora, não me interrompa...

O BOTICÁRIO
Deixe falar o Geraldino!

GERALDINO
Vinha da casa do Tinoco... A casa nova...

O PESCADOR
Um sujeito que outro dia mesmo estava arrancando mato, e depois ficou rico tão ligeiro!

GERALDINO
Assim não conto nada!

DONA RITOCA
Ora!

O BOTICÁRIO
Sossega! Gente!

GERALDINO
Está bom. (*A Joaquim*) Dê cá fogo! (*Acende o cigarro, que se apaga.*) Passava lá pelos fundos do beco, quando me pareceu ouvir ao longe uma qualquer coisa de especial dentro da casa do Matias. Paro para ouvir. De repente, bate a janela com toda a força, e vejo um vulto a pular.

DONA SINFONIA
A pular?

GERALDINO
Fiquei assim indeciso, sem saber. Pensei a princípio num ladrão. Mas, enquanto estava a cismar, ele desata a correr que nem veado e cai no mato.

DONA EUDÓXIA
Por que não correu atrás?

DONA RITOCA
E não reconheceu?

GIRALDINO
Não pude.Vi só que era um rapaz novo, esperto... Mas não reconheci.

DONA SINFONIA
Novo... Esperto... Quem sabe se não era o Alcino?

O BOTICÁRIO
O Alcino ontem estava de cama. Melhorou com um xarope meu, excelente.

JOAQUIM AGUACEIRO
Quem sabe se o Antônio Ferraz ...

DONA RITOCA
Ah! O António Ferraz!

O PESCADOR
Qual! O Nico bem que andava a rondar a casa do Matias, – não arranjou nada. Ela nem olhava para ele!

DONA RITOCA
(*Resmungando*) Não olhava... Não olhava...

DONA SEFONIA
Então, a gente nunca há de saber?

GERALDINO
Só se ela disser...

O PESCADOR
(*Para si*) Por que é que ela não diz...?

O BOTICÁRIO
Adiante, Geraldino!

GERALDINO
Fui chegando de mansinho até a janela,que tinha ficado entreaberta, e espiei lá para dentro. Gente! Estava o Matias com os olhos a saltar, agarrado à mulher, torcendo-lhe os braços. E batendo-lhe com a cabeça no chão... (*Redobra a atenção de todos*)

DONA RITOCA
E ela gritava?

GERALDINO
Nem um pio. Ela não queria acordar os filhos.

DONA RITOCA
Ora veja!

GERALDINO
Parece que todas as noites, quando o Matias estava adormecido, ela ia devagarinho abrindo a porta da casa... Sabem que de dia ela não podia sair...

DONA EUDÓXIA
Que noites terríveis deviam ser aquelas!

O BOTICÁRIO
Ela com os filhos ao lado. Com a certeza de ser um dia apanhada.

DONA RITOCA
Ela não tinha medo de acordá-los?

JOAQUIM AGUACEIRO
Como é que a Maria das Dores, tão sossegada, tão refletida, foi desnortear assim, depois de velha?

DONA SINFONIA
Isso não se explica.

A casa fechada

GERALDINO
São coisas!

JOAQUIM AGUACEIRO
Mas por quê?

DONA EUDÓXIA
(*Timidamente*) A gente, às vezes, sente-se tão só!

DONA RITOCA
Só... com um marido e três filhos!

DONA EUDÓXIA
(*Vivamente*) Não foi isso que eu quis dizer

O BOTICÁRIO
Que foi que a senhora quis dizer, Dona Eudóxia?

(*Silêncio.*)

DONA EUDÓXIA
(*Depois de hesitar*) Quis... (*Para um instante.*) Eu bem sinto cá dentro, mas não sei explicar... Não sei... (*Olham para Dona Eudóxia. Pausa.*)

DONA SINFONIA
Uma grande sonsa é o que ela era.

JOAQUIM AGUACEIRO
Não tem desculpa o que ela fez.

DONA RITOCA
Que acha o Sr. Simplício?

O BOTICÁRIO
Uma desavergonhada... Pior que uma cadela.

DONA SINFONIA
E fingindo-se de boa! Quando penso, senhor aguaceiro, que, o mês passado, ela foi tratar da minha Ruth, na ocasião da tal epidemia! Eu também estava doente. Seis noites que ela passou na cabeceira da pequena, maculando com seu contato impuro aquele anjinho de inocência! Quando penso nessa desgraça...

DONA EUDÓXIA
Mas a menina salvou-se.

23

DONA SINFONIA
Graças à Divina Providência.

DONA RITOCA
Com certeza, ao sair, ela ia se encontrar com o tal rapaz.

O BOTICÁRIO
Ora se ia!

JOAQUIM AGUACEIRO
O tratamento era o pretexto.

GERALDINO
Decerto.

O BOTICÁRIO
Forca é o que ela merece. (*Nesse momento, o velho mendigo deixa cair o cajado. Joaquim Aguaceiro volta-se para ele ao ouvir o ruído e exclama:*)

JOAQUIM AGUACEIRO
E você, pai Tobias, que acha disso tudo?

O MENDIGO
(*Olhando-os, lentamente, depois de apanhar o cajado*) Essas coisas cá da terra a gente nunca pode explicar.., nem julgar... Deus é que sabe...

(*Silêncio.*)

DONA RITOCA
(*Ao Barbeiro*) E depois?

GERALDINO
Depois...? Ele puxava-lhe os cabelos, torcia-lhe os braços, sacudindo-a e repetindo sempre com raiva: "Diga o nome... Diga o nome..."

O PESCADOR
(*Consigo mesmo*) Mas por que é que ela não disse?

O BOTICÁRIO
Pudera! Se o Matias pegasse o rapazinho, esborrachava-o com um soco.

GERALDINO
(*Prosseguindo*) Então, corno ela não queria falar, ele apanhou à parede um grande chicote de couro e começou a bater-lhe, a bater-lhe até mais não poder. A princípio ela gemia baixinho, mas depois pegou a gritar, a gritar que era um gosto. Ele só repetia: "Diga o nome... Diga o nome..." E ela nada... Até que o sangue começou a pingar.

DONA RITOCA
O sangue?

DONA EUDÓXIA
Cruzes! (*Todos se aproximam do Geraldino, ofegantes. Os peitos arfam, os olhos brilham no crepúsculo.*)

GERALDINO
Sim. A cada chibatada, aparecia uma fitinha vermelha que ia escorrendo pelo corpo. Não sei se o Matias tinha dó, mas ele chorava também. E continuava, de chicote em punho, a dizer, chorando: "O nome... O nome... Diga o nome... Ela torcia-se no chão, feito cobra. Arrastava-se, agarrava-se a ele, gritando:" Tem pena! Tem pena! Matias, eu te amei também!..." Quando o Julinho entrou no quarto, ela estava toda encharcada...

DONA SINFONIA
Encharcada?

GERALDINO
O assoalho estava vermelho, como se tivessem amassado goiaba... (*Nesse momento, Dona Ritoca desanda a rir nervosamente. Todos olham, estupefatos. Geraldino interrompe-se. Mas a risada continua, cada vez mais nervosa, mais estridente.*)

O BOTICÁRIO
Que é, Dona Ritoca?

DONA EUDÓXIA
Está incomodada?

DONA RITOCA
(*Insistindo, e continuando a rir-se, diz, com palavras entrecortadas e ofegantes:*) Não... Não... Mas... Eu imaginava a Maria das Dores, oferecendo chá ao coronel, com seus ares de princesa.., e ontem... o chicote... e o sangue... (*E ri-se, ri-se sem parar. Todos entreolham-se, em silêncio, com certo constrangimento. Longa pausa.*)

DONA SINFONIA
Coitada da Ritoca! – tão sensível!... (*A Dona Eudóxia*) Não tem um pouco de vinagre?

DONA EUDÓXIA
Sim. (Entra e volta com o vinagre, que faz respirar a Dona Ritoca, enquanto a conversa recomeça.)

JOAQUIM AGUACEIRO
Foi só o Julinho que entrou?

GERALDINO
As pequenas também. Elas estavam com medo, mas o Matias arrastou-as até o quarto e disse à mulher: "Olha bem, pela última vez... Se não queres dizer o nome, amanhã tu sais desta casa para sempre, e nunca mais verás teus filhos... Nunca..."

O BOTICÁRIO
E ela não disse?

GERALDINO
Não.

O PESCADOR
(*Meditando*) Mas por quê?

DONA SINFONIA
Que mãe sem entranhas!

DONA EUDÓXIA
No entanto, bem extremosa que ela era!

O PESCADOR
Era, sim. E ela vai deixar os filhos para sempre.

DONA SINFONIA
Disfarce!

DONA EUDÓXIA
Mas, Sr. Geraldino, por que é que o senhor não entrou no quarto quando viu isso?

GERALDINO
Oh! Dona Eudóxia... Eu não me meto nas brigas de casais... Não me casei, foi para não brigar.

DONA EUDÓXIA
Que noite horrorosa! Fui acordada em sobressalto pelo Julinho.

DONA RITOCA
Ah! O Julinho esteve aqui?

DONA EUDÓXIA
Veio pedir-me um remédio para a mãe, que não podia mais...

DONA EUDÓXIA
Pois não.

A casa fechada

O BOTICÁRIO
Não posso deixar de estranhar essa atitude, Dona Eudóxia! A senhora... uma funcionária exemplar, de vida tão correta, pretender aliviar o castigo de uma criminosa!...

DONA EUDÓXIA
Desculpe, Sr. Simplício. Não tive em vista desgostá-lo. Mas, quando uma criatura sofre, acho que é sempre digna de piedade.

O BOTICÁRIO
São ideias subversivas, Dona Eudóxia. Ai de nós se todos assim pensassem!

DONA EUDÓXIA
Tanto mais que o Matias era longe de ser um marido exemplar. É um homem...

O BOTICÁRIO
E um homem. E o dono. Tem todos os direitos.

JOAQUIM AGUACEIRO
Isso tem.

DONA EUDÓXIA
E possível. Não sei. Não sei me exprimir... Mas isso assim não está direito.

DONA SINFONIA
Não acha justo o castigo?

DONA EUDÓXIA
Não sei. Mas a Maria das Dores, que foi, durante tantos anos, tão boa mãe, tão boa esposa, tão boa para todos... Como é que perde tudo assim, num dia só... Isso não é justo... Não é justo...

O BOTICÁRIO
Pois eu acho que ele foi até bem bom. Não é? *(Volta-se para Joaquim Aguaceiro, que aprova com a cabeça.)*

GERALDINO
Eu matava.

DONA EUDÓXIA
Oh! Sr. Geraldino!

JOAQUIM AGUACEIRO
(Ao Pescador) E você, Candonga? Que diz?

O PESCADOR
(Começando a falar, sem responder) Lá pelo sertão de Minas, morava um primo meu, o Xicão. Estava casado com uma mulher linda... Eu a

conheci... Uma noite, ele ouve barulho dentro de casa... Levanta-se, pega a garrucha e vai ter até o sótão. (*Cospe.*) Lá, ele topa com a mulher nos braços dum rapaz, um desses cometas vagabundos que andam a correr pelas estradas.

DONA SINFONIA
Matou os dois?

DONA RITOCA
(*Pegando-lhe o braço, súplice*) Oh! Deixe falar...

DONA SINFONIA
E depois...?

O PESCADOR
Depois?... Fez esquentar um ferro na trempe. Quando esteve em brasa, deu-o à mulher, mostrou-lhe o rapaz amarrado e disse: "Vai... Espeta!"

DONA EUDÓXIA
Ah! Que horror!

DONA RITOCA
E ela?

O PESCADOR
Ela a princípio não queria. Ele então encostou-lhe a garrucha na testa e disse: "Espeta ou eu atiro!..." (*Pausa.*) Então ela espetou.

DONA EUDÓXIA
Oh!

O PESCADOR
Espetou a noite inteira. O Xicão não tinha pressa... Ele dizia: "Espeta aqui... estes braços que te abraçaram... aqui esta boca que te beijou... Espeta!" De vez em quando ele mandava parar, pra esticar... Quando o rapaz desfalecia... ele deixava que acordasse para continuar... A carne cheirava... De madrugada, furou-lhe os olhos...

DONA EUDÓXIA
Oh!

O PESCADOR
(*Calmo*) Ele tinha deixado os olhos pro fim... Até que o outro morreu. Já nem parecia gente.

DONA RITOCA
E a mulher?

O PESCADOR
O Xicão matou-a logo em seguida. Enterrou-a na fazenda. Mas o corpo do rapaz ficou pros urubus.

A casa fechada

O BOTICÁRIO
Ah! O Xicão era um homem.

O PESCADOR
Um sujeito às direitas.

JOAQUIM AGUACEIRO
Vêem que o Matias ainda foi bem manso.

O BOTICÁRIO
(Puxando o relógio) Já são quase horas do trem...

DONA SINFONIA
Ela é capaz de não ir.

GERALDINO
Vai, sim.

DONA EUDÓXIA
E se ela disser o nome?

GERALDINO
Não diz, não. Mulher quando bate o pé... _(O Pescador faz um gesto de quem não compreende.)_

CENA VI

Os mesmos, o Acendedor de Lampiões
(Ele vai entrando devagar e acende lentamente o lampião.)

JOAQUIM AGUACEIRO
Oh! Velho Aprígio!

O ACENDEDOR DE LAMPIÕES
Boas noites!

O BOTICÁRIO
Acenda bem, Aprígio... que nós precisamos ver direito...

O ACENDEDOR DE LAMPIÕES
(Acendendo) Pronto.

JOAQUIM AGUACEIRO
Que luz desgraçada!

GERALDINO
Qual, meu velho! Sua luz não presta!

O PESCADOR
Não se vê nada.

O ACENDEDOR DE LAMPIÕES
Minha luz é muito boa... Vocês é que não sabem ver.

O PESCADOR
Está bom... Não se zangue... Pare um tiquinho conosco para apreciar uma coisa bonita!

O ACENDEDOR DE LAMPIÕES
Não posso parar. Tenho que seguir caminho... Há muita gente no escuro que espera pela luz...

O PESCADOR
Então, boa noite!

O ACENDEDOR DE LAMPIÕES
(Saindo) Boa noite!

CENA VII

Os mesmos, menos o Acendedor de Lampiões, depois, o Filho

O BOTICÁRIO
(*Murmura*) Velho maluco! *(Ouve-se o sino da estação e, ao longe, o arfar surdo do trem.)*

DONA RITOCA
O trem vai chegar!

DONA SINFONIA
E ela não embarca!

O BOTICÁRIO
Embarcará, sim, à última hora... correndo...

JOAQUIM AGUACEIRO
De vergonha...

DONA SINFONIA
Eu nem hei de olhar para ela!

DONA RITOCA
(A Dona Eudóxia) Dê-me o seu xale, Dona Eudóxia. Estou sentindo frio... *(Dona Eudóxia vai buscar o xale, que estava numa mesa perto da porta. Dona Ritoca entra com ela.)*.

A casa fechada

GERALDINO
(De repente) Ela está saindo! *(Aponta para a casa. Com efeito, a porta abriu-se. Todos olham com ânsia. Mas quem sai da casa é um rapazinho em mangas de camisa. Desce lentamente os degraus da porta e, sem olhar para ninguém, vai encostar-se ao muro que separa o jardim da rua, com a cabeça descansando nos braços.)*

DONA SINFONIA
(Baixo) É o Julinho.

O BOTICÁRIO
O Julinho, sim. *(Sussurro geral.)*

DONA SINFONIA
Que é que ele veio fazer?

O MOLEQUE JENIPAPO
(Surgindo de repente) Ela já vem! Ela já vem! *(Movimento de todos.)*

JOAQUIM AGUACEIRO
Você viu?

O MOLEQUE JENIPAPO
Espiei, sim. Ela acabou de preparar a trouxa. Vai sair.

DONA SINFONIA
(Gritando para dentro) Ritoca! Ritoca! Ela vai passar! *(Aparecem Dona Ritoca e Dona Eudóxia, em seguida.)*

GERALDINO
Quer sentar, Dona Ritoca?

DONA RITOCA
Em pé vê-se melhor. *(Ouve-se o silvo do trem que está chegando.)*

O BOTICÁRIO
Ela é capaz de perder o trem.

DONA EUDÓXIA
Qual! Esses trens... a gente nunca perde...

DONA SINFONIA
(Chamando) Venha aqui, Ritoca!

DONA EUDÓXIA
E ela não verá mais os filhos?

O BOTICÁRIO
Nunca!

O PESCADOR
(Só para si) Mas por que é que ela não disse o nome?

TODOS
Oh! Oh! Oh!

CENA VIII

Os mesmos, Maria das Dores.

(Abre-se de novo a porta, e, destacando-se, no fundo luminoso da sala, aparece no limiar o vulto de Maria das Dores. Um grande xale preto cobre-lhe a cabeça e cai até os joelhos. Na mão, uma pequena trouxa. Ela começa a caminhar, rígida, de rosto fechado, sem olhar para ninguém. Ouve-se um sussurro no grupo. Mas alguém faz "Pst" e o silêncio torna-se geral. Todas as personagens estão na penumbra. Só o velho mendigo iluminado pela luz do lampião. Quando Maria das Dores passa por ele, ele ergue-se e tira o chapéu. Então, no meio do silêncio mortal, ouve-se um soluço abafado e desesperado. E o filho que está chorando, encostado ao muro. Ela tem um longo estremecer do corpo todo. Atrasa insensivelmente o passo um segundo, mas continua a caminhar sem um gesto e sem se voltar. Todos a acompanham com os olhos. Ouve-se novamente o silvo da locomotiva. Então, a voz do velho mendigo eleva-se na noite, grave e lenta.)

O MENDIGO
Deus é que sabe... Deus é que sabe...

FIM